CUAperucita Roja

¡Lee todas las aventuras de Princesa Rosada!

Princesa Rosada
y EL REINO DE
MENTIRITA
BRANCHES
Ricitos de Moho
y los
tres barbosos
SCHOLASTIC
en español
Noah Z. Jones

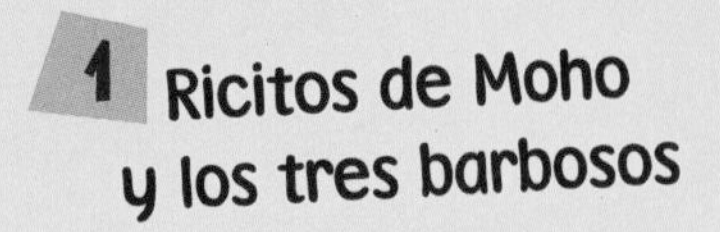

1 Ricitos de Moho y los tres barbosos

Princesa Rosada
y EL REINO DE
MENTIRITA
BRANCHES
CUAperucita
ROJA
SCHOLASTIC
en español
Noah Z. Jones

2 Cuaperucita Roja

Princesa Rosada y el Reino de Mentirita

CUAperucita Roja

Noah Z. Jones

BRANCHES™

SCHOLASTIC INC.

A MI CUAFLADA FAMILIA,
DIANE, ELI Y SYLVIE

Originally published as *Princess Pink and the Land of Fake-Believe #2: Little Red Quacking Hood*

ISBN 978-1-338-08797-0

10 9 8 7 6 5 4 3 2 1 16 17 18 19 20

Printed in the U.S.A. 40
First Spanish printing 2016

Book design by Will Denton

CONTENIDO

No soporto el rosado 1
Lobo Miedoso 13
Panadería del Lobo 21
En la trampa 29
Migas y nada más 38
La abuelita 46
Para... mejor 51
El ingrediente secreto 57
Lágrimas de alegría 63

CAPÍTULO UNO

No soporto el rosado

Esta es Princesa Rosada. Su nombre es Princesa. Su apellido es Rosada.

La familia Rosada tiene ocho niños.
Princesa Rosada es la bebé de la familia.
Tiene siete hermanos mayores.

A Princesa Rosada NO le gustan las cosas para niñas. Pero MUCHO MENOS le gusta el color rosado.

¡Esta colcha se vería muy bien en tu cama!
¡No soporto el rosado! ¡Pero me encantaría tener una colcha de animalitos!

Esa noche, la mamá de Princesa la tapó con su colcha nueva.

Pero Princesa no solo tenía una colcha nueva de animalitos. ¡También tenía un animalito debajo de la colcha!

¡Hola, Regina!
¡Hola, Princesa! Tu cama es mucho más cómoda que la de Mamá Barbosa.

La araña Regina no era un araña cualquiera. Había venido del Reino de Mentirita. Princesa la conoció al caer a través de su refrigerador en ese alocado lugar. Princesa le tenía mucho miedo a algunos habitantes del Reino de Mentirita como Mamá Barbosa, Papá Barboso y Bebé Barboso. Pero también había hecho muy buenos amigos allí como Regina, Ricitos de Moho y Mamá Alce.

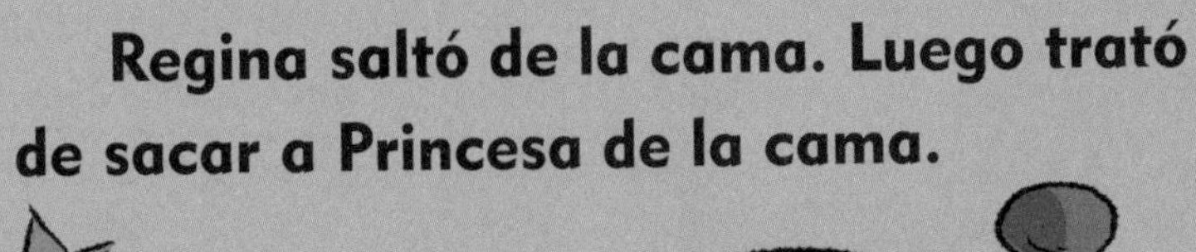

Regina saltó de la cama. Luego trató de sacar a Princesa de la cama.

¡Hoy es la noche, Princesa! El refrigerador está listo para llevarte al Reino de Mentirita.
Pero he chequeado todas las noches, Regina, y el Reino de Mentirita nunca está ahí.
Lo estará. Ya lo verás. ¡Ven!

ZZZZZ

La casa estaba en silencio. Princesa y Regina se escurrieron hasta la cocina.

Princesa acercó el oído al refrigerador. No estaba haciendo PRRRrrrr, como hacía usualmente. ¡Estaba resoplando y jadeando!

PUF
PUF

Princesa abrió la puerta de un tirón. Era de noche en el Reino de Mentirita. Princesa vio a un pez con manchas saltar sobre la luna.

¡Hurra!
¡Que te diviertas! Yo me quedaré aquí. ¡Tendré la cama para mí sola!

Princesa se metió dentro del refrigerador.

¡Allá voy, Reino de Mentirita!

Entonces, bajó por la escalera.

Ay, no.

Una gran sombra cubrió a Princesa cuando sus pies tocaron el suelo.

CAPÍTULO DOS
Lobo Miedoso

Princesa se volteó hacia la sombra y se puso a temblar. Estaba segura de que era un monstruo o uno de los tres malvados barbosos.

Pero era un lobo.
¡AHHH!
¡AHHH!

Princesa se sorprendió de ver a un lobo. El lobo se sorprendió aún más de ver a una niña.

Princesa le dijo al lobo que no le iba a hacer daño.

Yo soy Princesa Rosada. Pero no soy una princesa, solo que mi nombre es Princesa.

Yo soy Lobo Miedoso. ¡Y todo me da miedo!

¿Eres panadero?

Sí. Y voy camino a casa. Pero estoy muy nervioso porque en mi panadería...

En ese momento, Ricitos de Moho salió de unos arbustos.

¡AHHH!
¡Es Ricitos de Moho!

Princesa se emocionó al ver a su amiga. Pero antes de poder decir nada, Ricitos de Moho la tumbó a ella y a Lobo Miedoso al suelo.

¡SHHHhhhh!
¡Tenemos que escondernos!

Ricitos de Moho, Lobo Miedoso y Princesa se escondieron en los arbustos.

Princesa miró a través de las hojas. Vio una sombra inmensa y horrible. Parecía la sombra de un pato.

La sombra se fue. Princesa ayudó a sus amigos a levantarse.

¡Uff! ¡Por poco nos ve!
¿Quién? ¿El pato? ¿Por qué nos estábamos escondiendo de un pato?
¡No era un simple pato! ¡Era Cuaperucita Roja! ¡Una pata terrible!
¡BUAAAA!

¿Un lobo llorón que le teme a una pata? ¿Dónde está el Lobo Feroz cuando se lo necesita?

Lobo Miedoso estaba demasiado aterrado para contarle a Princesa toda la historia. Pero le contó lo suficiente: Cuaperucita Roja se robaba los pasteles de su panadería. De hecho, ¡se había robado un pastel hoy mismo!

Créeme, ¡es una pata muy malvada!

¡Te ayudaremos, Lobo Miedoso! ¿Verdad, Ricitos de Moho?

¡Sí! Vayamos ahora mismo a la panadería a buscar pistas. Después haremos un plan.

CAPÍTULO TRES
Panadería del Lobo

Panadería
del Lobo
¡Tenemos pasteles!

Los tres amigos corrieron y corrieron. Ricitos de Moho iba delante. Se detuvo frente a un edificio muy raro. ¡Estaba cubierto de caramelos!

¡Tu panadería se ve deliciosa!

Lo es. De hecho, ¡me la como una vez a la semana! Luego horneo una nueva.

¡Debe de tener un estómago INMENSO!

Princesa entró a la Panadería del Lobo. ¡Los pasteles olían deliciosos! La barriga le empezó a gruñir.

¡Humm! ¿Podría comer un pedazo de pastel?
Por supuesto. ¡El pastel de crema de banana es mi favorito!
Lobo Miedoso hace los mejores pasteles del Reino de Mentirita.
¡PASTEL!
GRRRRR

¡PASTEL!
¡Miren! Cuaperucita Roja se robó los pasteles que faltan ahí.
Y se le cayó uno.

¡BUAAAA!
¡Siempre deja tanto reguero!

Lobo Miedoso limpió el reguero. Luego comenzó a hornear. Hablaba y lloraba mientras horneaba.

Si Cuaperucita Roja sigue robando pasteles, tendré que cerrar la panadería.
¡BUAAAA!
Harina

Princesa se comió un pedazo de pastel. Luego observó como Lobo Miedoso lloraba sobre la masa de un pastel.

¡Qué asco! Estoy segura de que el pedazo de pastel que me acabo de comer tenía lágrimas de lobo.

Princesa sabía que tenía que hacer algo para ayudar a su nuevo amigo. Tenía que salvar su panadería.

¡Construyamos una trampa!
¡Qué buena idea!

¡Necesitamos más pasteles si queremos que Cuaperucita Roja regrese aquí lo antes posible!
¡Apúrate horneando, Lobo Miedoso!
¡Voy lo más rápido que puedo!
¡BUAAAA!

CAPÍTULO CUATRO

En la trampa

Lobo Miedoso horneó y horneó. Estaba tan ocupado que CASI dejó de llorar.

Los tres amigos continuaron trabajando en la trampa para Cuaperucita Roja.

CLANC
SA-SA-SA
BAM

Finalmente, la trampa estuvo lista.

El olor de los pasteles en el horno se extendió por todo el Reino de Mentirita.

Panadería del Lobo
¡Tenemos pasteles!

Muy pronto, Cuaperucita Roja se metió en la panadería.

¡Pero Princesa y Ricitos de Moho la estaban esperando con la trampa lista!

¡TRAC!
¡AY, NO!
ATENCIÓN
ATENCIÓN

¡Y funcionó! Cuaperucita Roja cayó en la trampa.

CLANC

¡Por favor, por favor, déjenme ir! ¡Mi abuelita me está esperando!
¡De aquí no vas a salir, Cuaperucita Roja!

¡HEY, MIREN!

Princesa y Ricitos de Moho se voltearon hacia donde señalaba Cuaperucita Roja. Y eso fue suficiente para que la astuta pata se liberara y saltara por la ventana.

¡Ese truco siempre funciona!
CRAS

¡BUAAAA!
¡Increíble!
¡Qué astuta es!

¡Pero miren! ¡Esa pata
dejó un rastro de migas!
¡Sigamos sus huellas!

CAPÍTULO CINCO

Migas y nada más

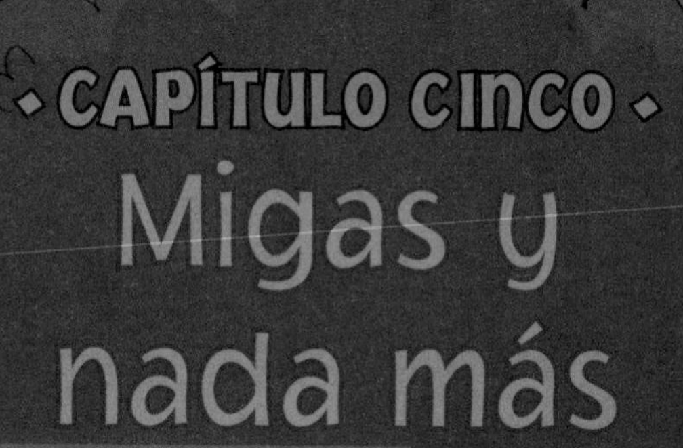

Ay, mi madre. Este bosque es tan oscuro y tenebroso. ¿Realmente piensan que esta es una buena idea?
Vamos, no seas tan miedoso.

Los tres amigos siguieron el rastro de migas y huellas y se metieron en el bosque tenebroso.

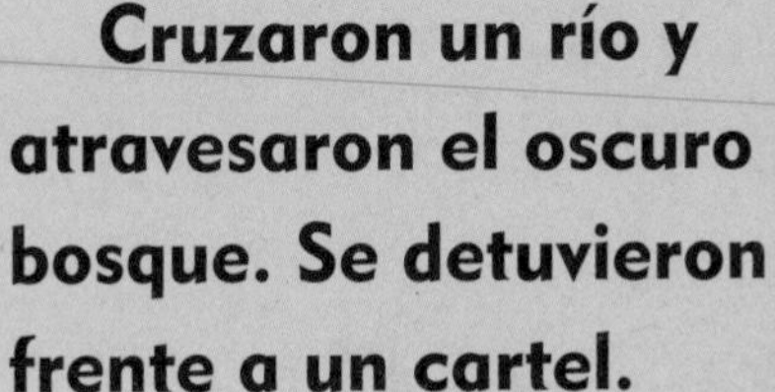

Cruzaron un río y atravesaron el oscuro bosque. Se detuvieron frente a un cartel.

VILLA PATUNA
SOLO PARA PATOS
¡NO SE PERMITEN OTROS ANIMALES!

¿Villa Patuna? ¿Qué clase de lugar es este?
Los patos viven en esta parte del Reino de Mentirita. Cuaperucita Roja debe vivir aquí también.
¿No vamos a entrar, verdad?

Princesa escuchó un ruido muy raro. Provenía de detrás de un árbol.

ZAS
ZAS
¡¡CUAC!!

Princesa miró detrás del árbol. ¡Y allí estaba Mamá Alce! Bueno, alguien que se parecía a Mamá Alce, porque en ese momento se estaba disfrazando de pato.

CUAC
CUAC
MA

¡Hola, Mamá Alce! ¿Qué haces aquí?
¡No es hora de preguntas! Estoy apurada. Pero pónganse los disfraces que están en la bolsa. ¡No podrán entrar en Villa Patuna así como están!
¿No les parece que estos disfraces huelen a moho?
MA

Princesa, Ricitos de Moho y Lobo Miedoso se disfrazaron y entraron a Villa Patuna. Pero no vieron a Cuaperucita Roja por ningún lado.

¿Ya nos podemos ir?
¡BIENVENIDOS A VILLA PATUNA!

ESCUELA PATUNA
¡Miren!
¡Una caperuza roja!

Los tres amigos siguieron en puntillas a Cuaperucita Roja. La pata se metió en un salón de belleza que tenía cepillos, peines y tijeras afuera.

Rizos en Bandadas
CERRADO
¡Vamos!
¡Cuaperucita va a entrar ahí!

Los amigos cruzaron la calle y se escondieron debajo de una ventana abierta al fondo del salón de belleza.

¡Este es el negocio más tenebroso de toda la cuadra! ¡No puedo ni mirar!

Princesa se subió sobre los hombros de Ricitos de Moho y echó una mirada adentro.

◆ CAPÍTULO SEIS ◆

La abuelita

Princesa vio a Cuaperucita Roja. Le estaba dando la cesta llena de pasteles a una pata muy grande que llevaba un inmenso peinado. Era la pata más grande que Princesa jamás había visto.

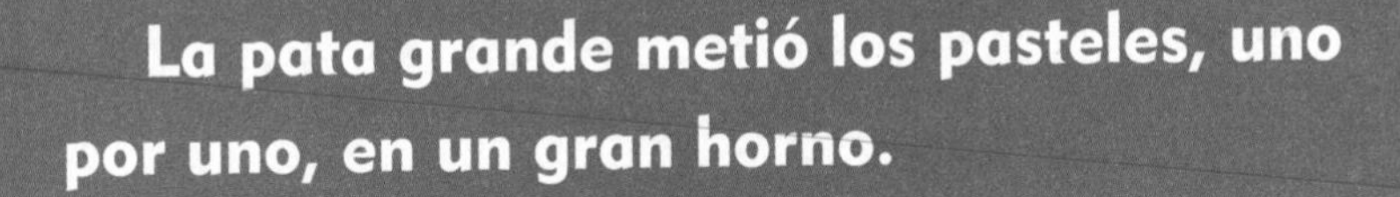

La pata grande metió los pasteles, uno por uno, en un gran horno.

¡Hey! Ese horno no es un horno cualquiera.
HORNO PARA DESHORNEAR
Hummm. ¿Qué es un horno para deshornear, Lobo Miedoso?
No lo sé. ¡Yo me dedico a hornear pasteles, no a deshornearlos!

Entonces Cuaperucita Roja se puso a hablar con la pata grande.

Abuelita, más vale que el horno de deshornear funcione hoy. Lobo Miedoso sospecha algo. ¡Sus amigas y él trataron de atraparme!

No te preocupes, Cuaperucita Roja. Muy pronto, este horno nos dirá el ingrediente secreto. Así no tendrás que robar más pasteles.

El horno para deshornear comenzó a echar humo y a chisporrotear. La abuelita se puso a patalear.

¡No otra vez!
HORNO PARA DESHORNEAR

¡Cuaperucita, tienes que ir a buscar más pasteles!

Cuaperucita Roja hizo lo que le pidió su abuelita. Sabía que no podía desobedecerla. Enseguida salió del salón de belleza.

Princesa había escuchado lo suficiente. Tenía que buscar la manera de entrar al salón. Necesitaba saber más sobre el horno para deshornear.

¡Ya sé! ¡Me disfrazaré de Cuaperucita Roja!
¡Por supuesto! ¡La abuelita tendrá que abrirle la puerta a su nieta! Todo lo que necesitas es una cesta y un caperuza roja.

Princesa miró a su alrededor. Muy pronto encontró una cesta y una caperuza roja.

Se echó la caperuza roja sobre su pelo rosado y salió derechito hacia la puerta del salón de belleza.

CAPÍTULO SIETE
Para... mejor
¡No me dejes solo!
No te preocupes. Me quedaré contigo. Pero si algo sale mal, ¡tendremos que entrar!
Rizos en Bandadas
CERRADO
¡TOC! ¡TOC!

La abuelita de Cuaperucita Roja abrió la puerta. Miró a Princesa de arriba abajo. Y olió gato encerrado.

Cuaperucita Roja, ¡qué pico tan grande tú tienes!
¡Para oler los pasteles mejor, abuelita!
Cuaperucita Roja, ¡qué caperuza tan grande tú tienes!
¡Para proteger mi peinado mejor, abuelita!

Cuaperucita Roja, ¡qué pies tan grandes tú tienes!
¡Para correr con los pasteles mejor, abuelita!

Princesa escuchó ruidos a su alrededor. Escuchó uno o dos graznidos. Pero no se atrevió a mirar.

De pronto había patos por todas partes.

Hummm... Abuelita, ¡cuántos amigos patos tú tienes!
Para...

¡ATRAPARTE MEJOR!
¡GLUP!

¡¡AHHHHH!!
¡CUAC!
¡CUAC!
¡CUAC!
¡CUAC!
¡CUAC!
¡CUAC!

CAPÍTULO OCHO
El ingrediente secreto

¡Esto no era parte del plan!

Los patos amarraron a Princesa y la llevaron dentro del salón de belleza. Estaba atrapada.

¿Qué tenemos aquí? ¿Una espía?
¡Estoy tratando de ayudar a mi amigo! ¡Ustedes se han robado sus pasteles!
Por supuesto que tenemos que robarnos los pasteles. ¡Los patos no soportamos llevar siempre el mismo peinado!
¿QUÉ?

Resulta que los pasteles de tu amigo son perfectos para el pelo de pato. Hace un tiempo la Panadería del Lobo hizo un concurso de lanzar pasteles. Algunos patos terminaron con pasteles en el pelo. ¡Inmediatamente sus plumas se les pusieron muy esponjosas y brillantes!

Al principio comprábamos los pasteles. Pero se nos acabó el dinero. Así que Cuaperucita Roja se ha estado robando los pasteles. ¡Necesitamos el ingrediente secreto de esos pasteles para que Rizos en Bandada sea el mejor salón de belleza del pueblo!

¡Pero ahora me dirás el ingrediente secreto! Si no lo haces, te echaré al horno para deshornear. ¡Quizás entonces logre sacarte la información!

Princesa necesitaba pensar en algo, y pronto. Pero sobre todo necesitaba tiempo para que Lobo Miedoso y Ricitos de Moho la rescataran.

¡ESPERA! Yo sé cuál es el ingrediente secreto. Pero... ¡tengo que cantártelo!

Así que Princesa comenzó a bailar y luego, a cantar.

Por mucho que el lobo se queje
Cuaperucita Roja le roba.
El lobo sigue horneando
y el pobre a mares llora.
¡TRI!
¡LA-LA-LÁ!
¡LA-LA-LÁ!

A la abuelita no le gustó la canción. Agarró a Princesa y la llevó hasta el horno para deshornear.

¡Te llegó la hora, espía rosada!
HORNO PARA DESHORNEAR
¡AUXILIO!

CAPÍTULO NUEVE

Lágrimas de alegría

¡GRRRR!

En ese momento, Lobo Miedoso y Ricitos de Moho entraron al salón. Ricitos de Moho agarró a Princesa.

Lobo Miedoso corrió hasta donde estaba el horno para deshornear ¡y se lo tragó de un bocado!

¡ÑAM!
¡Este horno no sabe tan bien como mi panadería!
¿Qué? ¡Eso fue increíble!
Me alegra que estés bien. ¡Ahora salgamos de aquí!

¡QUE NO SE ESCAPEN!
¡Tengo que saber el ingrediente secreto!
¡Pero no tengo un ingrediente secreto!

Lobo Miedoso tenía TANTO miedo que se echó a llorar.

Lobo Miedoso lloraba y lloraba sin parar. Sus lágrimas volaban por todo el salón salpicando a los patos.

¡CUAC!
¡BUAAAA!
¡BUAAAA!
¡BUAAAA!
¡CUAC!
¡CUAC!

¡PAREN!

¡Las lágrimas de Lobo Miedoso son el ingrediente secreto!
¡BUAAAA!
¡Sí! ¡Miren el peinado de mi abuelita! ¡Nuestro salón de belleza será el mejor del Reino de Mentirita!

Lobo Miedoso, ¿puedo comprarte las lágrimas? ¡Te prometo que no robaremos más pasteles! Y te cortaré el pelo gratis cada vez que quieras.
¿Podrían ir a buscar las lágrimas a la panadería? El bosque me da miedo.
Cuaperucita Roja puede buscarlas.

Lobo Miedoso estaba contento de poder compartir sus lágrimas con los patos. Estaba TAN contento que comenzó a llorar lágrimas de alegría.

El sol comenzó a salir y Princesa se tuvo que despedir de su nuevo amigo.

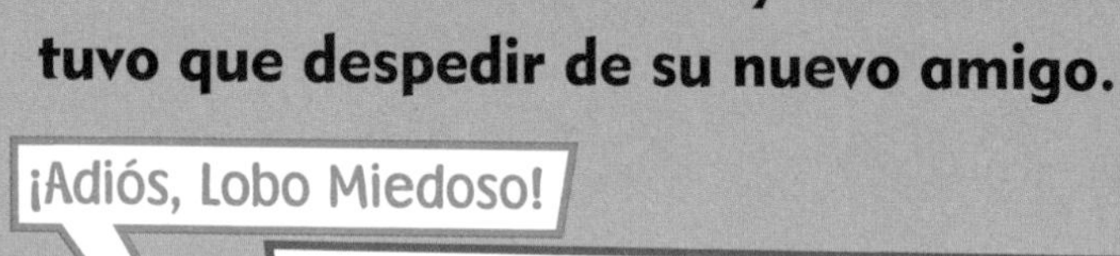

¡Adiós, Lobo Miedoso!
Gracias por tu ayuda. Antes me avergonzaba llorar tanto, pero ahora no. Mis lágrimas pueden ayudar a los demás, ¡así que lloraré todo el tiempo!
¡BUAAAA!

¿Quieres un pedazo de pastel antes de irte?
No, gracias.
¡No creo que deba seguir comiendo lágrimas de lobo!

Princesa y Ricitos de Moho se dirigieron a la salida del Reino de Mentirita.

Allí estaba Mamá Alce. Y tenía un regalo para Princesa.

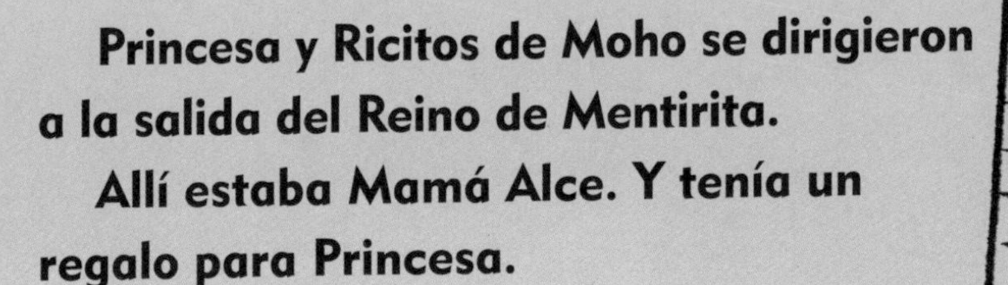

Este imán te permitirá volver al Reino de Mentirita cuando tú quieras. Ponlo en el refrigerador. Solo tienes que darle una vuelta a la izquierda.
¡Perfecto! ¡Estaré de regreso antes de lo que imaginan!
¡Nos vemos pronto!

Princesa subió por la escalera y se metió en el refrigerador.

Luego se metió en su cama. Y se quedó dormida al instante.

¿Regresaste tan rápido?

Noah Z. Jones

es un escritor, ilustrador y animador que ha creado todo tipo de personajes alocados. Espera que los niños quieran saber qué va a pasar en este cuento de Cuaperucita Roja. Noah ha ilustrado muchos libros para niños, como *Always in Trouble*, *Not Norman* y *Those Shoes*. La serie para niños Princesa Rosada y el Reino de Mentirita es la primera que Noah ha escrito e ilustrado.

¿Conoces bien el REINO DE MENTIRITA?

¿En qué se parece y en qué se diferencia Lobo Miedoso del lobo del cuento **La Caperucita Roja?**

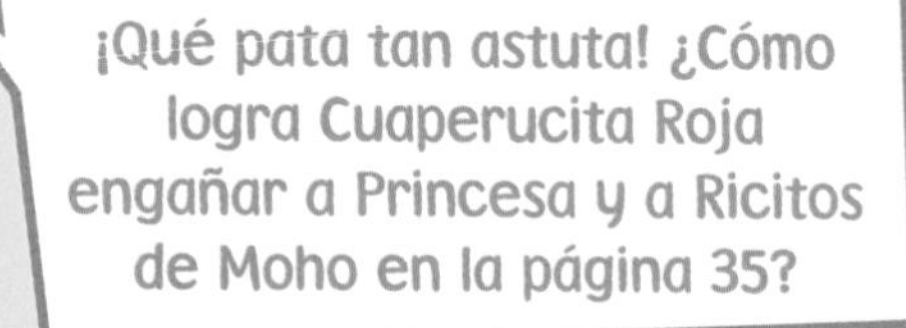
¡Qué pata tan astuta! ¿Cómo logra Cuaperucita Roja engañar a Princesa y a Ricitos de Moho en la página 35?

¿Por qué los patos roban los pasteles? ¿Cuál es el ingrediente secreto de los pasteles?

Escribe un cuento similar desde el punto de vista de Cuaperucita Roja.